Pétillon
L'AFFAIRE DU VOILE

JACK PALMER

ALBIN MICHEL

C'EST UN PEU TRANSPARENT

EN PLUS OCCULTANT NOUS AVONS CE MODELE, IDÉAL POUR LA MOSQUÉE ET LES COURSES

AH! J'AIME BEAUCOUP! TRÈS HABILLÉ...

VOUS VOULEZ UN SAC CADEAU ?

UN ARTICLE VOUS INTÉRESSE, MONSIEUR?

UN SIMPLE RENSEIGNEMENT... JE SUIS DÉTECTIVE...

JE VOUDRAIS CONTACTER CETTE JEUNE FILLE... SA MÈRE EST SANS NOUVELLES DEPUIS UN MOIS

J'AI SU QU'ELLE PORTAIT LE VOILE

VOUS NE L'AURIEZ PAS VUE DANS VOTRE MAGASIN ?

AH! SI!

JE PEUX SORTIR ?

IL Y A ENCORE UN HOMME, MADAME HAMDAOUI

VOUS N'AVEZ RIEN VU... D'ACCORD ?

AH!

AH! VOUS ÊTES LE FILS DE L'IMAM HADI... RACHID

LATIFA EST LA FILLE DE L'IMAM BOZO-BOZO, UN FONDAMENTALISTE... SI MES PARENTS L'APPRENAIENT, ÇA FERAIT UN DRAME

J'AI RIEN VU

QU'EST-CE QUI VOUS EST ARRIVÉ À L'ŒIL ?

DES EMBROUILLES À LA MOSQUÉE...

LES BARBUS ONT DÉBARQUÉ HIER... ILS L'OCCUPENT... JE ME SUIS FRITÉ AVEC LES GROS BRAS DE BOZO-BOZO...

MARRANT NON ?...

AVEC TOUT ÇA J'IMAGINE QUE VOTRE PÈRE N'A PAS EU LE TEMPS DE PENSER À MON AFFAIRE...

IL VOUS A ENVOYÉ UN MAIL, NON...

QUAND ?

Y A AU MOINS UNE SEMAINE

11

PRENEZ LE LIVRE

PENDANT LE VOYAGE, VOUS RÉVISEREZ LA SOURATE IV

INTERROGATION ÉCRITE À L'ARRIVÉE

LE RACHIS

MANTES-LA-JOLIE

21

J'AI LE DOSSIER DE YASMINA

SI VOUS AVIEZ DES INQUIÉTUDES, MADAME, VOILA QUI VA VOUS TRANQUILLISER...

CORAN : 18, SUNNA : 17, HISTOIRE DE L'ISLAM : 17

JE NE SUIS PAS ICI POUR PARLER DE NOTES !

VOUS NE VOUS INTÉRESSEZ PAS AUX ÉTUDES DE VOTRE FILLE ?

MA FILLE FAIT DES ÉTUDES !! ET ELLE EST EN TRAIN DE GÂCHER SON AVENIR ! JE VEUX LUI PARLER ! SEULE !

YASMINA A ÉTÉ APPELÉE SUR LA VOIE LA PLUS ÉLEVÉE... C'EST UNE GRANDE GRÂCE... VOUS DEVEZ L'ACCEPTER ET VOUS RÉJOUIR POUR ELLE

ELLE A CHOISI DE ROMPRE AVEC SA VIE PASSÉE ET NE SOUHAITE PAS VOUS VOIR... ELLE EST MAJEURE...

C'EST IMPOSSIBLE ! JE NE VOUS CROIS PAS !

S'IL EN EST AINSI, JE PENSE QU'IL EST PRÉFÉRABLE DE METTRE FIN À CET ENTRETIEN...

JE NE SORTIRAI PAS D'ICI SANS AVOIR VU MA FILLE !

L'IMAM A DIT !

NE ME TOUCHEZ PAS !

VOUS, ATTENTION !

"NE COMMETTEZ POINT DE DÉSORDRES." SOURATE II, VERSET 10

28

JE NE POURRAI PAS OPÉRER MADAME LEMOUX NI MONSIEUR FESTON

JE SUIS PLÂTRÉ ! OUI, PLÂTRÉ !

ET MAINTENANT, QUE FAIRE ?

ATTENDRE QUE ÇA SE RESSOUDE ! QUE FAIRE D'AUTRE ?!

JE TE PARLE DE LUCIE !!

MON AVOCAT VA LA SORTIR DE LÀ... ELLE DOIT RETOURNER À LA FAC ! QUAND ON A COMMENCÉ MÉDECINE, ON NE SE MET PAS À FAIRE CORAN SUR UN COUP DE TÊTE !

ALLÔ ! SOLANGE, ANNULEZ ZURICH

ET ANNULEZ LE CONGRÈS DE LOS ANGELES ET CELUI DE CANBERRA

JE NE GARDE PAS UN TRÈS BON SOUVENIR DE TON AVOCAT... MONSIEUR PALMER, VOUS AVEZ UNE IDÉE ?

EUH... JE RÉFLÉCHIS

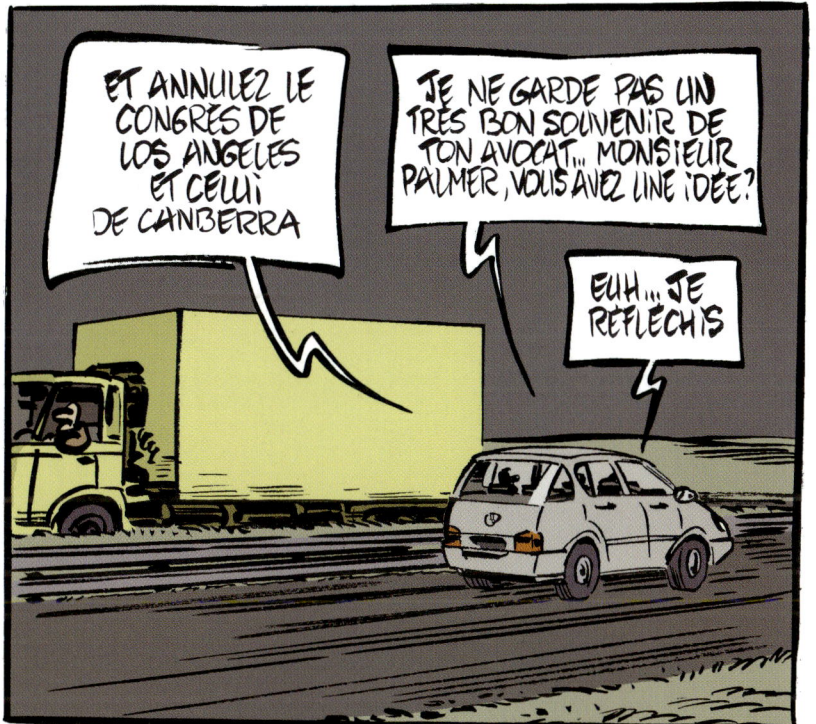

LE LENDEMAIN...

AH ! RACHID... JE VIENS VOIR VOTRE PÈRE

JE CROIS QUE C'EST PAS LE MOMENT...

HOULA ! QUI VOUS A FAIT ÇA ?

RESTONS PAS ICI... YA UN CLIMAT

28

31

UNE SEMAINE PLUS TARD...

EUH.... NON, MONSIEUR LE MINISTRE.... ON NE PEUT PAS VÉRITABLEMENT PARLER DE PROGRÈS...

AH.... C'EST VOUS...

JE SUIS VENU M'EXPLIQUER

C'EST LE JOUR DES EXPLICATIONS! MADAME PÈLERIN EST PASSÉE CE MATIN

ET MON NEVEU OMAR EST EN TRAIN DE S'EXPLIQUER AVEC MON MARI

VENEZ, ON VA DANS LA CUISINE

COMMENT OSES-TU VENIR CHEZ MOI?! TU ABRITES SOUS TON TOIT MON FILS ET CETTE FILLE QUI VIVENT DANS LE SCANDALE!

MON ONCLE, TU NE VAS PAS ME REPROCHER D'AVOIR LE SENS DE LA FAMILLE

TU LES NOURRIS AVEC TA FAUSSE VIANDE HALAL?

J'AVAIS ÉTÉ TROMPÉ PAR UN GROSSISTE...ON NE VA PAS REVENIR SUR CETTE VIEILLE HISTOIRE!

ÇA VA, SAÏMA? VOUS AVEZ DES NOUVELLES DE RACHID ET LATIFA?

ILS VONT BIEN; LATIFA A REPRIS LA FAC, RACHID AIDE OMAR POUR SA COMPTABILITÉ

ÇA L'OCCUPE À FOND

ALORS, VOUS AVEZ APPRIS, MADAME PÈLERIN A RETROUVÉ SA FILLE

AH BON? TRÈS BIEN! JE VAIS LUI ENVOYER UN MAIL

41

Impression : Pollina en janvier 2006
SEFAM
22 rue Huyghens. 75014 Paris
N° d'édition : 24273
N° d'impression : L99410
Dépôt légal : janvier 2006
ISBN : 2-226-13245-7
Imprimé en France